Ed Vere

Dappere Max

Vertaald door Edward van de Vendel

Amsterdam · Antwerpen
Em. Querido's Kinderboeken Uitgeverij
2017

Dit is Max.
Schattig, hè?

Max ziet er zo schattig uit dat de mensen
hem soms een strikje omdoen.

Maar Max houdt **niet** van strikjes.

Want Max is een **dapper** katje.
Max is een **stoer** katje.
Max is een katje dat op **muizen** jaagt.

Dappere Max moet alleen nog even
uitzoeken hoe een muis eruitziet…

voordat hij gaat jagen.

Zit Muis misschien daarbinnen?

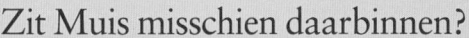

Dappere Max gaat op onderzoek uit.
'Muis? Ben je daar?'

Hmmm, nee, geen Muis.

O, hallo.

'Bent **u** Muis?'

'Nee, ik ben Vlieg,' zegt Vlieg.
'Maar Muis rende hier net nog voorbij.'

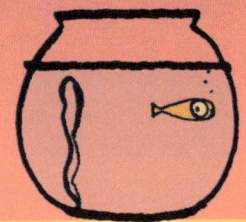

Hmmm, zou een muis
er zo uitzien misschien?

'Sorry dat ik stoor,
maar bent **u** Muis?'

'Nee, ik ben Muis niet, ik ben Vis,' zegt Vis.
'Maar Muis holde net nog langs.'

Dat zal Muis zijn,
daarboven.

'Sorry dat ik stoor, maar zijn **jullie** Muis?'

'Nee, wij zijn Muis niet, wij zijn vogels,' zeggen de vogels.

'Maar we zagen Muis net nog langs komen sjezen.'

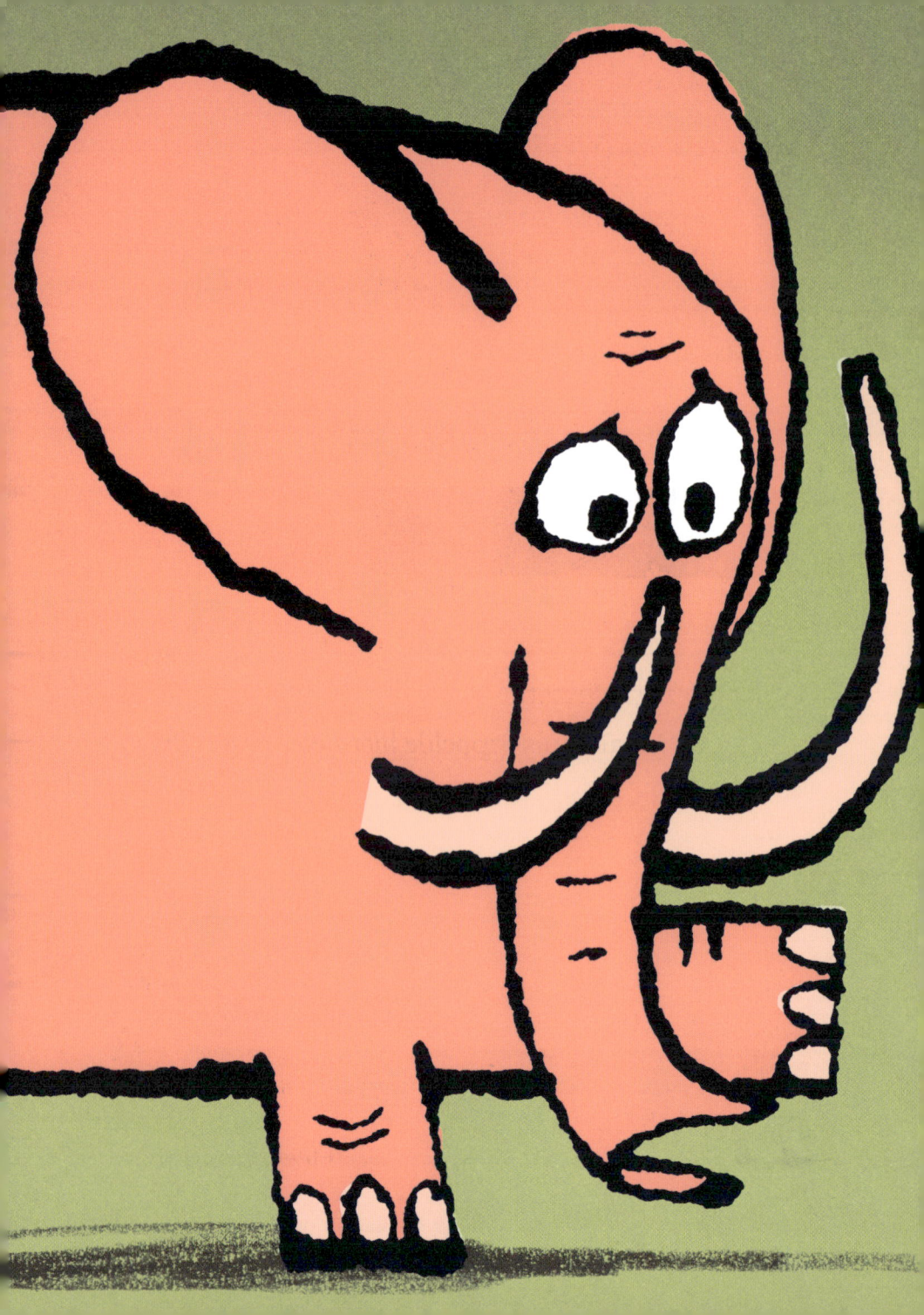

'Sorry dat ik stoor, maar bent **u** toevallig Muis?'

'Waaaah, Muis?!
Ik ben Muis niet, ik ben Olifant,'
zegt Olifant.
'Maar Muis trippelde hier net
nog voorbij.'

'Heel erg bedankt,'
zegt Max.

'En jij?'

'Nee... diekantop, diekantop!'

'Hallo. Zou **u** misschien Muis kunnen zijn?'

'Wie, **ik**? Zeker weten van niet!
Ik ben Monster!' piept Muis.
'Maar ik zag net dat
Muis daarginds lag te slapen…'

Als je snel bent kun je hem nog vangen.'

'Heel erg bedankt,' zegt Max.

Ah, dus **dit** is Muis.
Ik wist niet dat Muis zo groot was.

'Eh, sorry dat ik stoor, Muis, maar zou u wakker willen worden?'

Ik ben Dappere Max.
En ik kom om op u te jagen.'

'Wakker worden, Muis!'
schreeuwt Max. Hij springt op en neer
op de Monsterkop.

'Ik ben **Dappere Max** en ik jaag op muizen.
En misschien eet ik je ook nog wel op!'

Hmmm, ik wist niet dat Muis **zulke** grote tanden had.

HAP!

'Iew!'

Op muizen jagen is veel
minder leuk dan ze zeggen.

Nou ja, hij hoeft heus niet de hele tijd
Dappere Max te zijn.

Dat hoeft alleen maar als hij gaat jagen op…

...monsters.

www.queridokinderboeken.nl
www.edvere.com

Oorspronkelijke titel *Max the Brave* (Puffin books, 2014)

Copyright © 2014 Ed Vere
Copyright vertaling © 2017 Edward van de Vendel
Alle rechten voorbehouden.

Omslag Nanja Toebak
Vormgeving Nederlandse editie Irma Hornman, Studio cursief

ISBN 978 90 451 2043 0 / NUR 287